내 졸음에도 사랑은 떠도느냐

내 졸음에도 사랑은 떠도느냐

정철훈 시집

민음의 시 110

민음사

自序

오래전 국경 마을에서였을 것이다.
火酒가 놓인 선술집 식탁으로 싸락눈은 들이치고
십오촉 전구의 벌건 필라멘트가 부르르 떨고 있었다.
그것이 詩의 자리는 아니었을까.
머나먼 발전소에서 오는 전압을 온몸으로 견디는.

2002년 늦봄
정철훈

차례

제4부

1

봄날

봄날 녹슨 함석지붕이 운다
봄바람에 어깻죽지를
들썩이며 운다
겨우 붙들어맨 못대가리가 빠져
함석도 날개가 있다고 덜덜덜 운다
한자리에 너무 오래 머물렀음인가
양계장에서는 장닭이 암탉을 올라타다 말고
흙먼지를 날리며 홰를 친다
먼산엔 진달래 개나리 매화가 불붙고
바람은 모래를 날려 삶을 재촉하는데
봄은 근질거리는 날갯죽지로 오는가
봄날 함석지붕이 운다
봄바람에 어깻죽지를
들썩이며 운다

花信

꽃이 올라오오
저린 발 끌고 올라오오
봄날에 군침 돌아
꽃도 탈출하는 거외다
목젖을 축이고 싶은 거외다
어디쯤 늘어붙어 피우자 했건만
군산 가서 회 좀 먹고
꽃도 세상을 씹고 싶은 거외다
진도 가서 굿 좀 보고
꽃도 세상을 보고픈 거외다
꽃이 북상할 때 나는
숨고 싶은 거외다
내 사는 타향까지
풋내 나는 꽃은
왜 북상하는 게오
꽃이 올라오오
저린 발 끌고
꽃은 올라오오

알 수 없다

목련 지는 밤
별들의 속삭임을
알 수 없다
달빛 아래 꽃들의 흐느낌을
알 수 없다
초승달이 뜨고
헤어진 사랑이 저토록 희미하게
알 수 없다
이 희미한 발광을 알 수 없다
그러고도 알 수 없다
오느냐 새벽아
내 졸음에도 사랑은 떠도느냐
별이 뜨고 밤은 길었다
별이 지고 사는 날이 짧았다
달빛 아래
별들의 속삭임을
알 수 없다
날이 새고
별들의 흐느낌을
알 수 없다

마당

마당 한구석에서
혼자 맴돌고 있는
회오리바람 한 줄기

사람은 그걸 쳐다보며
허공에도 보조개가
있다꾸나며 자주 웃는다

그 웃음에도 농울농울
보조개가 팬다

마당에는 흔히 비가 쏟아지고
낙엽이 쌓이고 눈이 내렸다
구름도 얼핏얼핏
그림자로 지나갔다

속풀이

턱 들어서자
한눈에도 정다운 삼남매
오십줄 아낙은 주방에서 달그락,
남동생은 무를 써느라 달그락,
삼십대 여동생은 행주를 치며 달그락,
찌그러진 쟁반째 독상을 받고 보니 눈물겹습니다
대구 눈깔을 빼먹으며 생각합니다
달그락 소리가 없다면
봄날은 얼마나 쓸쓸할까
벚꽃은 바람 불어 눈발처럼 날리더니 겨우 닷새,
흩어진 꽃잎 밟고 가던 걸음도 겨우 닷새,
그러면 사는 게 뭐냐는 것은
당최 모르겠네요

아홉 아침

서울역 뒤 새벽 서부시장에는
팃팃 고운 불씨 날리는 깡통불이 아홉
아홉 불 바라보면 어린 날 펄펄 날리던
눈보라 고갯길도 아홉
어물전 통나무 도마에는 토막난
고등어 대가리가 아홉
대진이다 속초다 묵호에서 올라온
트럭의 헤드라이트도 아홉
골목 한 칸을 더 헤집고 들어가면
24시간 해장국집이 아홉
밤샘 식탁에 어지럽게 놓인
빈 소주병도 아홉
벙거지를 눌러쓴 지게꾼의 헤 벌어진
입 안에 누런 이빨이 아홉
어물전 바보 막둥이가 나무상자를 짜개다
바보 웃음을 짓는 서부시장 아홉 아침

정전

전기가 〈퍽〉 하고 나가버린 저녁
한 순간 캄캄한 세상의 적요가
나를 가르친다 이제 차츰
어둠에 익숙해져야 하리
전깃불 아래서 볼 수 없었던 또다른 세상
두꺼비집을 찾으려 허둥댈 일이 없다
손으로 더듬어 촛불을 켜자
어둠 저편의 경계가 가물가물 흔들린다
억겁 묵은 어둠이 이리도 가깝구나
저 古來의 든든한 거처를
얼마나 잊고 살았는지
내 그리운 이도 어둠 저편에서
흔들흔들 가물거린다

빗소리

한때 바람 불어 느티나무
무성한 잎새처럼 울명가명
눈물 뿌리던 시절이 있었다

어느덧 몸으로 비가 내려
낙숫물 방울방울 제 중심으로
똑똑 들어박히는 소리

한때 먼 먼 하구
그 넓은 가슴으로 오매불망
흘러가자던 시절이 있었다

어느덧 몸으로 비가 내려
빗소리를 듣고만 있어도
세상이 참 맑다

만월

한가위 무렵
마포대교에서 보니
한강 물색이 엎치락뒤치락
변하고 있다
한참을 바라보다가
내친 김에 물길 따라
숭어 올라오는 서해 건너
李白이 배를 띄운 동정호
더 멀리 바이깔변 늙은 사공의
오두막까지 휘휘 둘러본다
물색이야 아무리 변한다 한들
보름달은 첨벙첨벙
강과 호수와 망망대해를 지나
나에게로 오고 있다
날이 갈수록 내 눈에도 보름달은 차올라
휘영청 달빛을 쏟아내고 있으리

무덤 속 살림

고향길 가다 보면 보인다
댓이파리 쏴아쏴아 흔들리고
비탈길 너머 양지 바른 삼부 능선
무덤 다섯 개가 딴살림을 차렸구나
살던 집을 나와 다시 식구가 되었구나

뉘 집에서 아침을 짓는지
함지박쌀을 득득 씻는 소리
쌀뜨물은 검은 도랑을 소리 없이 흘러가고
수저 젓가락 딸가닥거리는 소리
문지방 넘는 끄윽끄윽 할배의 트림 소리

고향길 가다 보면 아무 죽은 자는 없다
서로 등을 긁어주며 합죽합죽 웃는 무덤 속 살림
고향길 가다 보면 들린다
뼈가 뼈를 안고 툭툭 불거지는 소리

슬픈 몬순

이른 새벽참
비가 몹시 내린다
젖은 빨래를 걷어
다림질하는 아내의 얼굴이
어쓱어쓱 칠십 할망구처럼 보인다
인도차이나 어디서
하염없던 빗줄기
세상 모든 곳이 벽두부터
비에 젖은 고향이었다
그래, 비가 내려
그리워도 참을 수 있는 게다
다림질한 바지주름이
후줄근해지도록
비오는 거리를 걸어다니리

화분이 과분하다

과분하다
차고 넘친다
이 햇살 한오라기
풀뿌리를 흔들어 깨우는
소리없는 외침들, 아우성들

듣기에 과분하다
이 세상 시작되기 전에
이랑이랑 맴돌던 소리들

보기에 과분하다
나보다 먼저 세상을 떠돌던
황홀한 빛들, 색깔들

키 작은 패랭이꽃의 미소가
어느새 웃자라
내 키를 훌쩍 뛰어넘는다

내 심심한 바닥에
파문이 인다

과분하다
차고 넘친다

2

북방

내 처의 고향은 가지 못하는 땅
함흥하고도 성천강 물맞이 계곡
낙향하여 몇 해라도 살아보재도
내 처의 고향은 닿지 못하는 땅
그곳은 청진으로 해삼위로 갈 수가 있어
싸구려 소주를 마시는 주막이 거기 있었다
솔개가 치운 허공에 얼어붙은 채
북으로 더 북으로 뻗치는 산맥을 염원하던 땅
단고기를 듬성 썰던 통나무 도마가 거기 있었다
등짝짐에 철모르는 아이를 묶고
우쑤리로 니꼴스끄로 떠나갈 때
바람도 서러운 방향으로 휘돌아치고
젊은 장인이 불알 두쪽에
맨주먹을 흔들며 내려오던 땅
울타리콩이 새끼를 치고
홀로 국경을 지키는 오랑캐꽃이 거기 있었다

야식

아버지는 도루묵이 먹고 싶댔다
가재미에 조팝을 갠
잘 삭은 식해를 먹고 싶댔다
칠십줄에 쭈글해진 어깻죽지
간밤에사 할머니가 꿈에 보였다 했다
모시적삼에 쪽진 머리는 아직
검은 머리가 처녀적같이
아버지는 할머니가 뜨건 밥에 얹어주던
도루묵이며 가재미를 먹고 싶댔다
양파쪽에 청어는 아니래도
찝찔한 것이 생각나는 밤
겨울이면 기름 자르르한 과메기가
처마에서 흔들리는 고향이 있었다 했다
아버지는 유리창에 얼굴을 붙이고 앉아
소 먹이고 꼴 베던 어린 시절을 바라보았다
고향을 등지고 나는 늙었노라
그래도 슬픔만은 아니어서
가끔 가려운 데를 긁었다

햇볕 한 줌의 집

대청도 토방도 싸리울타리도
내게는 집이 아니다
아지랑이 피시시 웃는 햇볕 한 줌의 평상
그곳이 집이라면 집일 것이니
내 죽어도 살아갈 하늘이
파랗게 떠 있는 그곳이 나는 좋았다
햇볕 한 줌의 평상에 누우면
순안 어디쯤 인민마을
큰아버지 영정 아래
누가 마른 자리를 펴는 소리
그 역시 들창을 열며 너울대는 햇볕을
어둔 얼굴에 받고 있다
그러다가도 담배를 빼물고 긴 재를 떨구면
산막에서 돼지를 치던 큰아버지도
검덕광산에서 돌을 지던 큰어머니도
햇볕 한 줌의 영정에 부서져
살았던 것이 원통하지는 않을 것이다
손바닥만한 양지뜸, 얼굴 눈부신 그곳이
내 죽어도 살아갈 집이라면 집일 것이다

멀리 보인다는 것

비 갠 오월 아침
창창한 햇살 한올 한올
맑은 샘물처럼 돌돌돌 허공을 흘러
하늘이 얼굴에 흠뻑 스미고 있다
사랑으로 숨쉬는 젖은 햇살들

오늘 같은 날은 종일 또 종일
뒹굴거려도 배가 부를 것이다
하늘을 우러르면 멀리도 보일 것이다
개성 송악산이 바라뵌다는 청정하늘
그 너머 평양 시가지 골목 골목
책보를 맨 학동들의 종종 걸음도
한눈에 보일 것이다

그 중 아무개에게 다가가
까끼머리에 손을 얹고 말해 주련다
사람은 강철 같은 오기가 있어야 한다고
눈동자마다 방울방울
오기를 매달 줄 알아야 한다고

지금 같아선 멀리 보인다는 것이
진보라고 믿고 싶다
돌이키면 이 푸른 하늘이 조선이었다
가령 靑出於藍이란 것도 이 쪽빛 하늘 밑에서였고
人乃天 이래 조선 사람은 기상학자였다

허공 중에 소년의 얼굴을 띄워놓고
한나절 머리를 쓰다듬듯 끼니처럼 일상처럼
우리는 푸른 하늘을 우러러야 한다

겨울밤

겨울밤은 길어 멀리 기적이 울면
구덩감자로 녹말국수를 눌러
김치국에 말면 가슴이 뻥뚫렸다

봄이면 가재미젓, 밤이면 가재미포를 쪄 먹다가
장마철, 비린 코를 쥐고 고등어배를 갈라
항아리에 쟁이면 가을까지 오지게도 먹었다

가을엔 누릿한 북어살을 바르고
겨울엔 도루묵 노란 알덩이를 불룩 꺼내 먹으면
오두둑 오두둑 사는 소리가
얼매나 입에서 씹히던가

그러다가 가재미 미역국을 끓이면
후룩후루룩 땀방울도 솟아 운이 좋으면
털세가 수북히 오르는 날도 있었다

겨울밤은 길어 어메는 정제에 나가 묵을 쑤고
화톳불에 고구마를 구워먹었다
무를 긁고 귀밀밥을 먹었다

눈이 하염없는 날
까실까실한 대두밥을 쪘다

처가 삼간

처가에 가면 뜨근한 아랫목보다
대문 앞 비바람 맞는 낡은 의자
거기서 듣는 처가 사투리는
함흥이 걸어내려와 옛말을 톡 쏘듯
북방 억양은 말갈기처럼
새소리 바람소리도 억센 것이
의자에 등을 대고 귀 기울이면
개울 수런거리는 소리
형광등 꼬마 전구가 깜박이고
불나방이 연신 머리를 박는 소리
짝 잃은 게사니가 노란 부리를 흔들며 홰치는 소리
아하, 이 소리였구나
문밖에서도 함흥이 훤히 보이는구나
이 소리를 듣기로 나는 처가를 간다
북한을 가듯 처가를 간다

北魚를 찢으며

내 하나의 벗인 北魚를 찢으며
동해 물살 가르며 헤엄쳐 오는
한 배고픈 국가를 떠올린다
北魚야, 北魚야
철사줄 코뚜레에 엮여
북관 어디서 감옥살이를 했다는
너는 혹 탈북자?
네 뼈는 수북이 쌓이며
ㅣㅓㅕㅑ 北이라고 쓰느냐
머리를 떼어낼수록
껍질을 발라낼수록
너는 참되었다
너는 나에게 없는 내 모습
너를 따라가런다
자, 너도 한잔

남남북녀*

그들은 말이 없다
우두커니 말이 없다
허망한 세월은 말을 삼켜
먼 데를 바라볼 뿐
오십 년 세월 김숙자
청상과부 수절에 귀가 멀었다
헤어질 때 꽃다웠던 이십팔 세
침묵의 나흘 만에 남긴 한마디
「앉아 있다 가는 것도 영광입네다」
그것도 북의 아들이 전해 줬을 뿐
말을 삼킨 것은 자신 안의 침묵
어떤 노래가 그들을 달랠까
쓸쓸히 귀환한 칠십 노인 이몽섭
눈물도 잊은 무색무취의 두 사람
「한바탕 꿈을 꾼 기분이야」
이 한마디 남기려고 북에 갔나
북에 갔나
북에는 왜 갔나

---

* 2000년 8·15 이산 가족 상봉 때 평양 땅을 밟은 이몽섭 씨의 사
연. 그는 남한에서 쓰레기를 주우며 살고 있다.

평양의 하루*

평양의 눈동자들이 반짝이는구나
유월의 햇살로 쏟아지는구나
내 어릴 적 친구
낙실이 같은 동무들이 살고 있었구나
동무여, 옛 동무여
저 햇살처럼 방실방실 웃어라
순안비행장에서 광복동 거리에서
여자들은 명절옷을 갈아입고
손에는 붉은 종이꽃을 들었구나
손을 젓는 인파 가운데 느닷없는 정적은 있어
이제 슬픈 이야기는 예서 끝내야 하리
기차 난간을 붙들고 가는 인민군의 눈동자도
너를 바라보는 내 눈동자도 놀란 토끼눈이구나
너는 지금 내가 모르는 어느 하늘 아래로 가느냐
유월 하늘이 넘치는 잔처럼 자유롭지 않느냐
이제 남북이도 북남이도 어서 와 국수를 먹자
서울과 평양의 날씨는 우리의 자랑입니까

---

* 2000년 6월 13일 남북정상이 만나던 날, TV는 온종일 평양의 하루
  를 비추었다.

눈보라 치던 날*

눈보라가 눈보라가 치던 것이
서럽던 건 아니었다
비로 치면 홍수 날 눈이
새하얀 눈송이가 꼬리에 꼬리를 물고
강물로 떨어지는 것을 바라보면서
한 순간 사라지고 없는 형체를 떠올리면서

옛 빨찌산이 골 깊은 두메에 묻혀
들솥을 걸고 미역에 명태에 돈육에 개고기에
북장을 개고 함지박 눈을 받아다가
산국이란 것을 끓여 먹었다는
항일유격대의 후손이 하던 말이 생각나던 것이었다

두만으로 압록으로 말을 몰던
유격대의 자손도 늙어 등굽은 서너 명
모스끄바의 낡은 아파트에 둘러앉아
아버지가 먹었다는 산국을 끓이던 날
망명지의 밤으로 눈은 내리고
돌아갈 조국은 어디런가
내 부모는 형제는 피붙이는 그리움은

모두 설국에 묻혀 눈보라가 치고 술을 마신다

눈보라가 눈보라가 치던 것이
서럽던 건 아니었다
무엇으로도 대신할 수 없는 그날의 폭설이
무엇으로도 덮이지 않는 내 그리운 것이
서럽고 서럽던 것이어서
눈보라가 치고 술을 마신다
내가 내 슬픔으로 들어갈 수 없어
눈보라가 치고 술을 마신다

---

* 모스끄바에 머물던 1993년 겨울, 재소한인들의 모임에 초대받은 적
이 있다. 〈혁명가에게 돌아갈 고향이 따로 있겠냐〉며 쓸쓸히 웃던
그들이 태어난 곳은 연해주, 따쉬껜뜨, 상뜨뻬쩨르부르그, 북한의
어느 변방 등으로 각각 달랐다. 그들의 부음은 해마다 들려왔다.

백석을 찾아서

평의선 신의주 못미쳐
남신의주 역전 인민가게에서 법랑 한 조를 산 다음
물어물어 유동을 찾아간다
입안 가득 침이 고이는 게 많던 유자가 열렸던 동네인가
시치미 떼고 묻지만 누구도 입을 열지 않는다
벙거지 노동복이 귀찮은 듯 턱끝으로 가리킨 곳은
까치밥 하나 허공에서 능청대는 한옥 마을이다
전신주 앞에서 일을 보던 중개가
얼른 들러붙어 킁킁거리다 이내
싱거운 꼬리를 내리고 돌아선다
골목 안으로 습한 바람이 불어온다
담벼락 도랑에 딜옹배기 재를 부신 누옥을 두드려
세들어 산다는 뒷방 사람을 물었으나
의주군 덕현노동자구에서 누에를 친다거나
의주곡산공장에서 옥쌀을 만든다는 말을 들었다는
가래 끓던 권영감의 말을 듣고
가슴이 아슴거리는 것이다
젊은 날, 목수일 하던 박아무개가 아니오
물어볼 엄두는 나지 않고
곁눈치를 보며 토방에 들어서자

고샅에는 짜다 만 문틀조가 여럿이다
싸리눈은 싸륵싸륵 비닐창을 쳐대고
영감은 우물가에서 말없이 대팻날을 간다
불기 없는 방은 쥐똥만 어지럽고 사람 머문 흔적이 없다
방구석에 어둠이라도 버티고 있는 것이 반가웠지만
어디쯤에서 길을 잘못 들었거나 번지수가 바뀐 게다
뒷산을 휘휘 둘러봐도 그리운 갈매나무는 뵈지 않고
법랑 한 조를 영감에게 들려주고 돌아선다
어느 겨울, 뉘 집에 얹혀 살기도 뭣해
그는 홀연 집을 나섰던 것인데
날이 저물어 길을 잃은 게다
차라리 못 만난 것이 잘된 게라고
스스로 눈 맞는 나무가 됐을 게라고
돌아오지 않는 그 더벅머리를 생각했다

구슬비*

보채지 마라
오는 비야
달도 별도 가리운 비야
보채지 마라

가면 간다 한들
가는 비야
오면 온다 한들
오는 비야

에미를 잊고 형제를 잊고
회회족 나라로 떠나는 노인아
까자흐 푸른 초원에
묻히러나 가나

가시래 가시래
오던 길로 가시래
오시래 오시래
가던 길로 오시래

---

* 까자흐공화국 알마띠에 살고 있는 큰아버지를 공항에서 배웅하고
돌아서던 날, 구슬비가 내렸다.

아야진 서더리

갈 비 후둑이는 아야진 서더리집에 들다 말고
쥔 아바이 속푸넘을 말없이 듣는다
비는 주름진 바다에 곰보를 박고
아바이는 고개를 수챗구멍에 떨군 채
아가미랑 꼬랑지랑 고니 서껀을 뚝배기에 담아
서더리탕을 끓인다 들창 너머
바다는 낭창시리 출렁거리고
금강산유람선 애기를 꺼냈으나
아바이 눈길은 먼 바다다
내레 죽거들랑 뼈는 갈아 바다에 뿌리라고
아그들헌티 유언했설라믄
금강이고 뭐고 일없슴둥
그 마음이 서더리처럼 무시로 끓어넘치는지
눈가에 소태 같은 달빛이 서린다

삼팔교 너머

그곳은 늘 줄초상 소문이 떠도는 마을
소문은 소식보다 사실인 경우가 많아
마을에서 누가 죽으면
소쩍새 한 쌍이 울고 간다

붉은코 철원 영감이 떠나던 날
은행나무밭에 거름을 주던
통천 사람 오영감이 눈을 감았다
경운기 발동을 걸던 아들 내외가 들여다보니
자는 듯 누워 깨어나지 않았다

아르께는 일제 때 기차를 몰았대서
목소리가 화통 같은 산정리 조씨가 세상을 떴다
그날 산나물을 캐던 청상과부 평양댁이
골짜기 둠벙을 헛디뎌
시름시름 사흘을 앓다 갔다

바람이 심한 날
눈포래가 길을 덮는 날
사람들은 어디서 初喪을 들으면

44

문둥이를 본 것처럼 코를 잡고 침을 뱉었다

물안개가 고개 너머 마을을 적시면
죽음은 찬연한 결별의 말을
다시 죽음 위에 쓴다

늙는 법

사람은 어떻게 늙는 것일까
모스끄바, 서울 또는 평양
그곳에서 사람들은
괜히 늙는 것일까 아니다
그들은 모두 까맣게 타던
전쟁을 기억하며 늙어가지
저어기 평양 보통강변에서
손수건을 꺼내 눈물을 닦는 아바이도
저어기 모스끄바 레닌스끼 거리의
빵가게 앞에 한 시간째 줄을 선 할아범도
모두 전쟁으로 타고 있다
평양과 서울과 모스끄바의
기억이 오늘도 피로 겨룬다
그래, 사람은 파괴되지 않고
다만 늙어갈 뿐이지

모스끄바의 밤

여자아이는 겨울이면
흰 콧김을 뿜으며
눈 오는 거리를 쏘다녔다

당나귀 냄새가 나는
자그만 체구는 밭일 하는 여자처럼
손이 억셌다

얼음덩이는 남녘 볼가를 향해
미친 듯 밀려가고 창가에 서서
얼어붙는 강을 바라보던
마우자*의 딸

지금도 눈발 날리는 모스끄바에 가면
붉은 공단 치마를 입은
나따샤가 걸어가고 있다

---

* 이주 초기, 재소한인들은 러시아인을 말과 소에 비유해 마우자라
  고 불렀다.

聖 뻬쩨르부르그행

뻬쩨르부르그행 은빛 철로를 따라
뽀뜨르만으로 달려갔지
그것이 여행의 끝인 줄 몰랐던 시절
새벽녘 차창 밖에서 밀려드는
자작나무숲의 침묵에 귀 기울였지
꾸뻬*의 좁은 침대를 뒤척이다 고개 들면
구름 사이로 푸른 하늘이 〈쩡〉 하고 찢어지고
태양이 한 줄기 빛을 내려보낼 때
왜 눈치 채지 못했을까
언 구두축을 세우며 기차에서 내린 그 순간
우리가 지나온 길들이 꼬리를 감고 사라질 것임을
풀 포기 하나 하나가 자라나고
다시 그 하나 하나가 스러지는
숲속의 이중음처럼
우리도 그렇게 사라지고 있음을

---

* 4인용 침대칸.

야시장

비곗덩이 까짜 아줌마가
살라*를 잘라
차양대에 주렁주렁 매단 후
소금을 뿌리다 말고 손칼로 한저름 썰어
보드까를 마신다

낫 하나 들고
남모스끄바 들판에서 베어온
보라색 들꽃 두 다발을
신문지로 둘둘 말아쥔
할아범의 수염이 바람에 흔들린다

다리를 저는 남편도
몇 년째 몸져 누운 할망구도
목을 길게 내민 오후

---

* 러시아인들이 겨울에 즐겨먹는 돼지 비곗덩이.

보이지 않는 역사

시간의 역으로 가기 위해 광장을 가로질렀다
그때 바람이 불고 옷자락이 펄럭이고
사람들이 눈보라 속에서 나타났다
그 순간 광장의 모든 것들이 걸음을 붙들었고
나는 얼어붙어 오래도록 움직이지 못했다

자유연대의 총파업날, 버스 끊긴 거리에서
사람들은 어둠을 이마에 붙인 채
허리에 허리를 끼고 앞으로 나아갔다
땀에 젖은 젊음의 푸른 뼈들이
내일 없는 내일로 걷고 있었다

驛舍에 들어서자 사람들은 양초처럼 흔들리고 있었다
만남과 헤어짐은 애초에 없었다
교차하거나 경유하는 대합실이 있을 뿐
떠나는 자의 시선이 더운 입김들로 지워지고
머리카락만 한동안 썩지 않고 황혼에 부딪혀 반짝였다
장님의 눈부심 속에서 또 하루의 태양이 졌다

모든 사물이 빛과 불길 사이에 있었다

사막의 흐람아그냐*에서 막 빠져나온 사람들처럼
그들에게서 나무 타는 냄새가 났다
모래시계 안의 무덤을 파는 고고학자처럼
그들은 사막 가운데 죽지 않고
타오르는 불이 있다고 믿었다

모스끄바에 바다가 있었다
시간의 소금으로 출렁이는
사람과 사람 사이의 염전
피의 종소리가 울리자
사람들은 검은 새처럼 흩어졌고
시간은 거미처럼 그들의 머리에 붙어
하얀 실을 뽑아냈다

모든 것이 세기의 끝에 있었다
누군가 안나 아흐마또바를 읽고
누군가 알 수 없는 주문을 외우고
직선의 차가운 시선들이 뿜어져 나왔다

---

* 불의 사원.

실낱 같은 빛은 그늘 속을 스멀스멀 기어가고
혀는 손끝에 붙은 마지막 빵부스러기를 핥았다

식탁 주위를 엉거주춤 서성대는
사람들의 하품 속에 나의 잠이 굴러다니고
나의 말은 그들의 침샘에 말라붙었다
그들은, 그들의 침묵은 나의 바닥이었다
그 깊은 시선들, 그들이 바라보는 나의 영혼
나 역시 그렇게 그들을 바라보았다
이별이 사람들의 이름을 불렀으나
그 혀가 우리의 이름이었다
어둠 속에서 마지막 촛불이 흔들렸다

3

창동역에서

창동역 교각 아래서 술을 마셨다
봄이었고 어두워지고 있었다
포장마차 수족관에서 안주를 골랐다
보리새우떼가 까만 눈과 더듬이를 치켜들고
수면 위 어둠을 바라보았다
해삼 녀석들은 지들끼리 몸을 더듬어
유리벽을 기어오르고 있었다
붉은 멍게는 잔뜩 물을 먹어 팅팅 불은 채
물결치는 대로 바닥을 굴렀다
나는 기어오르는 놈도 구르는 놈도 싫었다
수족관에도 어두운 몽상가가 있었고
무언의 드라마 같은 것이 있긴 있었다
자유로운 것은 오징어들의 쏜살같은 성깔이었다
오징어 한 접시를 시켜 그들의 자유를 씹었다
질겅질겅 어족들의 마지막 낙원에서
봄을 마시고 씹어야 했다
세상은 수족관의 밝기만큼 어두웠다

절반

어떻든 살림을 꾸려야 했다
아무 일도 없었던 그날, 직장을
조퇴하고 지하철을 탔다 조퇴할
뚜렷한 이유는 없었지만 그게 이유였다
나를 꾸려나가는 일상과
내가 꾸려나가는 하루 하루, 알 수 없었다
지하철에도 대체로 그런 일상이 있었다
책보를 맨 학생들이 얼굴을 마주보며 재잘거렸다
마주볼 얼굴이 내게도 있었던가
환승역까지 온 것은 내가 아니었다
전철의 속도 안에 내가 있었을 뿐
사람들이 가는 대체적인 방향으로
가고 있는 내가 새삼스러웠다
아무 일 없이 연차 휴가를 까먹으며
대체 나는 오늘의 무엇일까
왜 갔던 길을 되돌아오고 있을까
어제처럼 더러운 오늘 하루의 절반
누군가 하모니카를 불며 바구니를 내밀자
사람들은 일제히 같은 소리를 냈다
전철은 거대한 하모니카였다
그날은 퇴행성 진화였을까

날궂이

찬 비 후둑이는 저녁
한숨을 쉬며 어스름에 잠긴 시장통 사람들
살아야겠다는 비린내가 훅 끼쳐오는 그곳은
늙은 개가 엎디어 어둠보다 어둡게 졸고 있는 곳
과일가게를 지나 훈김 오르는 만두집을 지나 끝으로 가
면 누구라도 취할 수 있는 대폿집이 있어
양말을 벗고 귀때기를 청하는 양복점 주인
비를 피해 들어온 노동자 부부는
말없이 깍두기 국물을 국밥에 붓는다
세상의 끝도 오늘처럼 흐릴 것인가
오늘 같은 날씨는 추억도 궂은 일이 될 것이다
농을 건네던 술꾼도 가고
순대를 써는 아낙의 서툰 화장도 줄줄 흘러내려
무엇이 오늘도 글러버렸을까
젓가락을 탁자에 탁탁 부딪혀본다
소낙비는 발목 근처를 으르렁거리고
살아보자는 사람의 비린 맹세가
비에 쓸리고 있다

메리 성탄 전야

그날 개고기 한 근은 왜 이백 그램인가 생각하다가
혼자 구탕집에 들어가 겨자를 개고 들깨를 섞는데
저녁 노을이 들창을 지글거리는 통에
탕 한 그릇을 미처 비우지 못하고 일어섰다
죽은 메리는 위장 속에서 뜨건 선지와 더불어 신나게
內世를 돌렸고
마지막 지폐 한 장을 꼬깃꼬깃 만지작거리는 동안
현금출납기는 홀로 분주하여 영하의 땀을 흘렸다
성탄 철야기도를 하러 몰려든 교인들과
그들을 태우고 온 대절버스가 사거리를 장악했고
그 밤을 부흥시키려는 간증 연예인은 콜록콜록 기침을
해댔다
용캐 그들을 따라온 상인들의 좌판 십자가를 지나며
종교와 먹이 사슬의 상관 관계를 생각했고
습관에 따라 묵은 때를 벗기러 단골 목욕탕으로 걸어
갔다
말더듬이 이발사와 팔뚝에 하트를 새긴 닭새와
짝눈 때밀이가 막 세탁공장에서 배달된 수건을 개키고
있었다
그들의 어설픈 분업을 쳐다보며

3인의 동방박사를 발견한 기쁨으로 씁쓸히 미소 지었다
옷을 벗자 때밀이가 알몸을 유감의 눈으로 흘겼다
그는 벌써 여러 차례 때라도 한번 밀 것을 종용했었다
친구여, 너에게 몸을 맡기지 못함은
너의 말씨로 미뤄 나와 같은 南道産인 것이 애잔했거
니와
남에게 나를 맡기는 것에 익숙지 않았기 때문이니
나의 빈곤한 당대를 용서하라
깜박이는 형광등의 점멸로 인해
실내는 무수한 먼지의 공간임이 밝혀졌다
욕실로 들어서자 웬 노인이 열탕에 들어앉아
나긋나긋 뼈를 녹여내고 있었다
수증기 때문이기도 했거니와
세상은 온통 젖어 봄날 아지랑이 속 같더니
몸이 푸르딩딩한 냉탕 동호인들 사이에서
젊은 예수의 얼굴이 어른거렸다
샤워기를 힘껏 돌리자 세례의 물줄기가 수직으로 떨어
졌다
그날은 고요한, 어둠에 묻힌 밤이었고
말구유간의 진통에 휩싸인 거리를 어슬렁 걷기 시작했다

시민 K

시민 K가 종종 걸음으로 서울의 지하로 내려간다
주머니에 손을 찌른 채 노란 정지선 앞에 멈춘다
전광판에 빨간 글자가 먼저 뜨고 안내방송이
전철의 출현을 알린다
타인 속에 섞여 있다는 안도감이
그의 튼튼한 시민 근성을 지탱한다
서 있는 K는 앉아 있는 K가 일어나기를 기다린다
역과 역으로 이어지는 오늘 하루 가장 긴 수평 이동
K는 수평적인 이동에서 숨을 내쉰다
차량 옆구리로 또다른 시민 K들이 밀려든다
애인의 엉덩이를 만지작거리는 청년 K
하모니카를 불며 손을 내미는 장님 K
신문뭉치를 든 소년 K가 사이를 비집고
칸에서 칸으로 질러간다
지하철의 시민 K는 지상의 일과에 골몰한다
그의 생각은 지상의 질주를 항상 앞질러간다
지하로 내려와서야 비로소 시민이 되는 K
시민 K는 새삼스럽지도 않은
지상으로 올라갈 것이다

나주곰탕

—— 광주역 근처

기차는 오지 않고——
소 내장 한 무더기와 뜨건 선지피가
검정비닐에 싸여 들어온 참이었습니다
평생을 울었을 우설 몇 개도 딸려왔습니다
우선 잡뼈를 반나절쯤 푹 고아
진한 국물을 내야 합니다
석유내 이는 정제에서 아낙은
마늘을 다지고 쪽파가 눈이 매웠습니다
시집간 딸처럼 매웠습니다
기차는 오지 않고——
수챗구멍으로 우리의 죄는 흘러가고
모든 울음이 가마솥에서 설설 끓고
곰탕 같은 국물이 어디 쉬운 일입니까
곰탕 국물에 소금을 타고 파를 넣으면
그게 바로 우리 슬픈 이야기가 아닙니까

운구를 기다리며

운구를 기다렸다
죽음이 위대해지기를 기다렸다
연세대 백양로를 지난 운구 행렬이
세브란스 앞에서 네 시간째 움직이지 않는다는 뉴스가
광주방송을 타고 내려왔다
택시 안에서 젊은 죽음이 뉴스처럼 운구되고 있었다
신촌 노제의 풍물패 꽹과리 소리가 들려왔다
운전기사와 더불어 특별할 것 없었던 밤 사이 안부를
묻고
사람의 죽음이 얼마나 위대한 것인가를 묻고
비가 내리고 오랜 가뭄 끝에 내린 비 때문에
움직이지 않는 택시 안에 갇혀 있었다
그날 운구는 오지 않았다
그 사실을 최루가스 뿌려진 금남로에서 알았다
죽음은 누구에게 열려진 것일까
용납할 수 있는 것은 반항일까
절실한 것은 그날 내려진 남해 폭풍주의보였을까
그날 기다린 건 죽음이 아니라
그것을 그리워하고 그것을 얘기할 말상대였다
관짝이 우리들의 살림이라고 말하고 싶어졌다

오월의 소리

── 전남대에서

플라타너스 밑에서
하늘을 올려다본다
연초록 나뭇잎새를 뚫고
투명하게 빛나는 햇살
수많은 초록 이파리들은 슬프다
풍물패 장단이 쉼없이 들려오고
푸른 오월도 바람에 실려 깽매깽매둥둥
징소리도 북소리도 잎새마다 서러웠다
오일팔기념공원에 앉아 멀리 무등을 보면
어디 광주라는 도시가 있었을까
광주는 다만 징소리 북소리인 것을
오월은 한없이 쾌청하여
목이라도 매달고 싶은 날
풀밭이 끝나는 곳까지
나는 걷고 싶었다

오월 여관

자정에서 얼마쯤 흘렀을까
전남도청 앞 로얄장 209호
수명이 다된 형광등이 흰 눈알을 번뜩인다
스위치를 내리고도 세 시간째
죽을 수 없다는 듯 죽지 않으려는 듯
놈의 눈썰미가 휘득거리는 동안
유선방송은 두 시간 전에 나왔던
똑같은 비디오를 되풀이하고
창틈으로 사내들의 찢어진 목소리가 들려왔다
사라지지 않는 심야의 비명들
전선줄은 서로 몸을 부벼대고
달도 형광등처럼 징그런 눈을 뜨고 있었다
그 무수한 반복이 맴돌았다
낡은 냉장고 문을 열었다
얼음이 되지 못한 섭씨 0도의 물類들이 출렁거렸다
그만큼의 온도가 오월의 문명을 만들었다
새벽이 되자 몇 개의 식당과 몇 개의 수저와 몇 개의
입들이
어제처럼 일상처럼 쩝쩝 소리를 냈다
어둠은 서럽지 않았다 서러운 것은 차라리

잠들지 못하는 여관의 영혼이었다
누군가 이런 일을 꾸미고 있다

마라톤주의자

죽은 아베베의 맨발이
아디스아바바의 난민촌
뜨거운 양철지붕을 달린다
그의 심장은 마운틴니알라*의 피로 끓고
마사이족보다 더 빨리
다나킬 푸른 평원을 질주한다
쩍 갈라진 가뭄의 틈새로 고이는
위대한 아프리카의 혼
인기척에 놀란 기린처럼 저문 들판을 달리는
암하라족의 무기는
창이 아니라 심장이었다
그들의 질주는 언제나 운명처럼 배가 고팠다
배를 움켜쥐고 죽은 종족의 시체를
나일에 던지고 그들은 다시 달리기 시작한다
그들은 모두 마라톤주의자가 된다
죽은 아베베의 맨발이 된다

---

* 아프리카 산양.

아메리칸 푸토피아

저기 루시 아줌마의 딸, 빨간머리 앤이 삽살개를 안고 아메리칸 패스트푸드점으로 들어간다(루시와 앤은 가명이고 빨간머리는 가발이다) 보스턴의 명가, 베니건스 강남점 주방에서 아메리칸 쿡이 시간을 요리한다 패스트푸드를 기다리는 동안 개와 기린이 풍선으로 불어져 나오고 삽살개도 꼬리를 흔들어댄다 행운의 동전으로 슬럿 게임도 즐기세요 아이들에겐 피자가 그만이지요 빅뱅 세 판이 배달 쟁반에 담겨 세상으로 나간다 직장인들은 매직 게임도 즐기세요 주문한 지 십오 분이 지나도록 음식이 나오지 않으면 공짜, 테이블에 붙은 시계를 보며 당신의 행운을 즐기세요 아메리카에서 드리는 행운을 잡으세요 혜화점에 오면 보스턴을, 도곡점에 오면 시카고를, 청담점에 오면 필라델피아를 만나요 점심은 플래닛 할리우드*에서, 내친 김에 서울에 온 스필버그가 강남에서 꿈꾼 영화 도시 2에서 날밤을 새워보세요 브로드웨이와 뤼미에르의 판도라 상자가 만들어내는 판도 변화
　　방글라데시에서는 홍수가 인구를 조절하고 한국의 인구는 아메리칸 패스트푸드가 조절한다

---

　*　브루스 윌리스와 실베스타 스텔론 등이 합작 설립한 다국적 복합 식당.

어금니를 뽑고서

어금니를 뽑고 돌아온 날
무엇이 섭섭한 아내는 입을 삐쭉 내민 채
보새기에 쌀뜨물을 부어 된장을 갠다
청국장이나 끓여 짠 것을 대는 것이
상책이라는 투다 돌이키면
새벽 출근길, 남대문시장 앞에서
설사배를 움켜쥐고 후줄근 비를 맞던 꼴이라니
게다가 단속반에 쫓기는 잡상인들의 뒷모습을
우두커니 지켜봤었다
그제서야 우산이 없음을 깨달았지만
구태여 비에 젖은 느낌도 없던 것은
욱신거리던 잇몸 때문일 텐데
세상이 느낌을 중요시한다면
가깝다는 북한산도 인수봉도
어금니 뽑힌 잇몸에서 욱신거리고
내게 뿌리를 내리고 사는 식솔 또한
거기 살고 있었다

4

때꺼우

　시골 사는 장인이 이웃마을에 갔다가 때꺼우 한 쌍을 샀으나 원주인이 긴 겨울 외로운께 따뜻한 봄꺼정 암컷일랑 못 보낸다는 통에 숫놈만 데려다 토방에 풀어놨는데 아르께 태어난 개새끼들이 긴 목을 회치며 꺼우꺼우 우는 때꺼우를 보고 아이 무시라며 두문불출, 밤눈 밝은 때꺼우가 개 대신 수북한 눈 위에 주저앉아 야방을 서는 것이었는데 멀리 달빛에 기러기 흘러가는 것을 보더니 날개를 휘적이며 먹이통꺼정 동댕이치며 죽치고 울기만 한다 눈 위에서 백조보다 더 하얀 마음이 된 놈은 기어이 날을 잡아 뒤뚱거리며 암놈에게 가볼 작정을 하는 것이었다

땡삐

　산정리 굽은 길을 돌아드는데 땡삐 한 마리가 소용돌이
친 귓밥을 쫓아왔다 산비탈에서 거웃거웃 순을 틔운 단풍
나무 묘목처럼 녀석도 막 잠에서 깨어 봄날을 노닐 짝으
로 하필 날 찍었던 것인데 녀석의 따라잡기는 집요하여
포장도로 초입까지 날아와 앵앵거린다 녀석의 꿈에 불이
붙었던 게다 산 아래서는 번데기 좌판을 펼친 노파가 졸
고 노파의 번데기 꿈에서는 누에가 명주를 뽑아 이내 비
단옷을 두른다 땡삐마저 그 속으로 날아들자 산새가 노파
의 꿈을 낚아채 그물 펼치듯 날아오르고 산은 온통 그늘
이 졌다 땡삐 한 마리, 귀를 오락가락하던 그 봄날

꺼꾸리

산서면 동화리는 그저 몇몇 가호가 고물고물 모여 있는 것이 소꿉 같은 마을이었는데 한가운데엔 메산 자 한 자를 붙인 홍산주조장이 있었지요 그 집 주인과 동갑이었던 문둥이 꺼꾸리는 처녀 엉덩이만 보면 아무데서나 아랫도리를 훌렁 까내리고 오줌을 질질 싸다 때로는 허연 홀렛물을 쏟아놓곤 하는 바람에 사람들은 질겁을 하고 꽁무니를 빼곤 했는데 실은 그 물건을 느긋하게 감상하던 시장통 아짐들은 꺼꾸리 것이 물건 중의 물건이라는 소문도 띄워보곤 했지요 손가락 세 개가 없는 제재소 오생환이 장가를 들 때도 꺼꾸리는 지가 장가 가듯 어깨춤을 덩실 추며 신랑 신부를 앞장서 신작로를 쭈르르 내달렸고 뒤따르던 동네 사람들은 으메 저 징한 거 하며 혀를 찼지요 주장 어른은 모내기철이나 모기떼 극성으로 도통 잠이 오지 않는 여름밤엔 으레 배달 일손이 달렸으되 꺼꾸리 녀석의 뭉툭한 손목일랑 빌리지 않겠다며 쪽문에 뺑코를 처박고 있던 그 덩치를 작대기로 두들겨 내쫓고도 지미랄 씨벌것들 하고 돌아서는 고 뒷모습에 마음이 편치 않았던지 목소리는 금세 팽팽한 풀기운이 가셨지요 어이 오생환 막걸리나 한 됫박 내다주어야 쓰것네 하고 돌아설 때는 멋쩍은 코를 핑 하고 풀었는데 비오는 날이면 툇마루로

슬쩍 불러 술찌기를 사발로 내놓곤 했지요 주장 집 달덩
이 같은 딸의 아장아장한 걸음마를 보며 배시시 웃을 때
는 그가 드러누운 버드나무 그늘이 다 휜했지요 양생장
뒤켠에 김이 모락모락 피어오르는 술밥을 오삽으로 한 삽
따로 떠논 댓자리는 귀신맨치로 냄새를 맡고 반동강이 콧
잔등을 움씰거리는 꺼꾸리 몫이었는데 예쁜 짓 한다고 주
장 어른처럼 코를 핑 하고 날리면 키 작은 봉숭아꽃들도
눈을 감았어요 어느 날 문둥이떼가 몰려와 온 동네가 숨
을 죽일 때 담판을 지은 것은 꺼꾸리였지요 그 덕에 주장
어른이 일제 때 대처에 나가 큰 맘 먹고 맞춰 입었다던
헌 양복도 꺼꾸리 몫이 되었는데 그 소매가 콧물 다림질
로 번들번들한 게 맑으나 궂으나 참기름 발라놓은 흰 떡
살처럼 윤이 났지요 그가 사는 야트막한 야산을 올랐던
아이들 가운데 합죽이는 움막에 쭈그리고 앉아 그가 잠자
리나 나비를 한 입에 털어넣거나 탱자나무를 미끄러지던
물뱀까지 오물거리는 걸 보았고 달밤에 아이의 간을 빼먹
는다고 소문을 낸 것은 개울 건너 김생원네 둘째 똥치였
지요 산벚꽃보다 먼저 지 몸 속에 피는 열꽃이 가려워 봄
날을 꺼이꺼이 울다가 장날 국밥집 앞에서 꺼꾸러져 생을
마감했으니 주장 어른이 지게로 져 산에 묻고 내려올 때

는 해가 뉘엿뉘엿 넘어가고 있었지요 그 뒤로 사람들은 앞산 뒷산에 개나리다 진달래가 훤하게 불붙는 건 다 죽은 꺼꾸리가 꽃이 된 것으로 생각들을 하는 것이었어요 요즘도 막걸리 사발을 돌릴 때면 꺼꾸리 장단에 맞춰 시집 온 울 어머니 둥글넙적한 얼굴이 지절로 떠올라 시린 눈만 꿈벅꿈벅

망령

아흔 살 넘긴
할머니 술통을 땄더니
할머닌 없고
계집 아이 하나
뽀글뽀글 누룩향과 놀고 있다
사타구니 같은 그 입이 하는 말
태초에 사람 씨 퍼질 때
사내들, 이마에 불알좆 달고
계집들, 그곳에 꽃대궁 붙이고
만날 때마다 인사랍시고
연신 이마를 찧었쌓다나
말의 씨로 퍼진
위대한 開口의 자식

외가

　장수 아래 토방 너른 외가는 눈물도 많아 시도 때도 없이 실개천이 찢어지곤 하여 할배의 살림이라곤 윗목의 설탕종지와 깡밥그릇이 전부였다 할배는 뗏국물 긴 목침을 베고 난 옥양목 나긋나긋한 서숙베개 위에 머릴 눕혀 오지 않는 잠을 청컨대 할배의 사윈 기침소리에 눈시울도 붉었다 뒷간 옆 대추나무가 당집 귀신처럼 팔을 벌린 하룻밤엔 오줌보 팅팅한 날 앞장 세워 주둥이 깨진 오줌항아에 거품이 일도록 속을 비우는 동안 할배는 달을 쳐다보며 알 수 없는 말을 주절거렸다

　각시가 둘이었던 할배는 평생 두 각시에게 웃는 낯빛 한 번 준 적 없었지만 가을이면 사랑에서 메주 새끼를 꼬아 천장에 구절구절 띄우며 시월 하늘 청정한 학 울음도 들었다 이제 땅에 묻힌 지 십수년, 지금도 茂鎭長의 달을 생각하면 허망한 웃음소리가 기러기처럼 허공을 젓는다 난 그 눈물의 나라를 떠나 잠시 나들이를 하고 있는 것만 같다

귀향

고향집에 살았다는 머슴 차돌이와
부엌데기 경인이가 혼인하던 날
너희 살 데로 가 살라고 저급 내던 밤에도
저 달은 떴다

달포도 지난 어느 날
세상 붙일 곳 따로 없다며
눈물바람에 돌아온 밤에도
저 달은 떴다

누가 불러 깊은 밤
마당을 서성였던가
낯모르는 얼굴이 왜 휘영청
밤하늘에 걸렸던가

바람은 불고
바람은 나뭇가지를 흔들고 가고
어디 묻혔는지 모르는
차돌네를 안다는 듯

달은 가지 끝에 매달려 고개를 끄덕인다
내 모르는 사람아
달아 달아

꽃샘 추위

사월도 머지않은 밤
어둔 골목길을 걷고 있다
목련이 지고 꽃샘 추위가 오고
가로등은 불그스레 얼굴이 달아올라
밤이면 뒤척뒤척 잠 못 드는 나를 닮았다
일년 가차이 나는 어느 마을
오통칠반 주민도 아니었으니
곱창 한 접시에 소주를 부어
느릿느릿 걸음을 걷는 중년의 흐름은
식솔들에게 돌아가지 못하는
생의 기슭을 찰랑거리고
내가 그리워했던 것은 꽃피는 봄도 아니었다
실은 저 보름달에게 잔을 권했을 뿐 문득
내가 마신 술잔에는 아무 분노가 없구나
그리움은 달빛 흐르는 섬진강을 홀로 굽어보고 있다

첫눈도 내리련만

첫눈도 내리련만
찬바람은 소매를 쏙닥대고
남대문 턱 지하도를 내려가면
거기 가갸거겨로 누운 사람들
라면박스 요를 깔고
신문지 홑청을 덮었다
띠팡처럼 웅크린 새우잠 속에서도
농사 짓고 처마 올리고 벽지를 바르는가
꽃모종 마당, 조리개 물줄기가 간지러운 듯
꿈이나마 얼굴을 찡그린다
머리맡으로 먼지뭉치는 굴러가고
그래, 다리에 힘이 남아 있는 한
내일도 다시 걸어보잔 것일까
첫눈도 내리련만
누군가 진저리 치는 통에
곱때 번들한 뒷굽치도 삐죽
세상 구경을 하는데
시계처럼 지하검표원은 나타나
발길질을 해대는 것이었다

마포 바지라기

조개의 幼貝처럼 사람도
처음 두른 유패는
초록감람빛 우러나는 것이
신생 우주와 같더니만
나이가 들면 다 자란 패각처럼
거무튀튀한 게
바지라기와 다름없다
요즘은 사람이건 조개건
푸르튀튀한 유패를 찾아볼 수 없으니
세월은 갈수록 검댕이만 쌓이는
굴뚝 같은 것이다
먹빛의 사람들이
미친 듯 거리를 지나가고 있다

대인시장에서

고장난 냉장고엔
말라 비틀어진 신 김치 몇가닥
허리 지끈한 부엌 모퉁이엔
싸리눈 쌓인 연탄 몇 장
구들장은 식어
어디 등을 대고 누울 데가 없다
간장 종지에 숟가락 몇 개를 놓으면
그것이 살림이었고
아이를 낳고 미역국을 뜨면
그것이 사는 것이었다
주섬주섬 불을 피우면
저리 곱게 날리는 불씨가 삶일까
밥상 위로 눈은 내리고
달랑 간장 하나를 놓고도
세상은 과연 몇 가지런가

고향길

가끔 고개 들면
빈 산에
한 떨기 붉은 꽃

죽은 자들 묻혀
흙이 그리 핏빛이라던
어릴 적 황토길

끝에
무엇이 있는지
알고도 있었던 길

길이 아닌 곳을
가고 있다
하더라도

문득 둘러보면
사방팔방에
무심한 길 하나

애간장

애간장을 태우며
하루가 가네

울던 아이도
울음을 그치려고
쿨럭 쿨럭
호흡을 다잡네

사람이 밥을 버느라
온갖 구시렁에 진저리칠 때
물방개는 연못에서
미꾸리는 흙뻘에서
하루를 싸웠으리

시궁창 붉은 해감도
징글징글한 하루처럼
검은 물결에 쓸리고 있네

노을이 어둔 강물을
내일로 내일로 밀고 있네

마당을 쓸며

나는 사람 같은 거 모르지
저게 소다, 말이다, 닭이다 하면 그뿐
내 귀가 듣는 세상 이야기도 그뿐
어데 사람 같은 거 생각해 봔
사는 것이 소인 것을
그래도 마당 쓸어놓으니 거지 지나가고
마당 또 쓸어놓으니 중 지나가고
그래, 하룻길 가다 보면
거지도 만나고 중도 만나는 것을
세상 사는 일이 때로
마당 쓰는 일처럼 우습다

북방, 그 낯선 그리움

정철훈의 시 세계에는 북방의 무채색 빛깔과 서늘한 바람결이 묻어난다. 그래서 그의 시편들은 이색적인 낯선 풍광과 정서로 다가온다. 그러나 이 낯설음은 점차 반가움과 애잔함으로 아득히 번져 흐른다. 우리에게 북방은 이렇게 무연한 듯한 낯섦과 동시에 먹먹한 그리움을 불러일으킨다. 북한은 물론이거니와 만주 지역, 러시아 인근이 우리 조상들의 발자취가 대대로 배어 있는 삶의 무대였음을 이 자리에서 말하는 것은 새삼스럽다. 고구려의 후예인 발해가 중국 대륙에 거점을 두었다는 사실 이외에도 북방은 우리 민족의 형성기부터 외부 세계와 만나는 관문으로서 모든 문화, 정치, 외교, 경제 등의 통로이고 토대였으니 북방의 정서는 우리의 잠재 의식 속에 면면히 내재하는 원형심상에 해당한다. 또한 북방은 일제 강점기, 이육사가 증언하듯, 독립군들이 〈지금 눈 내리고 매

화향기 홀로 아득〉한 시절, 〈가난한 노래의 씨〉를 뿌리던
곳으로서 민족 분단 이후 휴전선에 의해 절연되면서 반도
의 지형이 유폐된 섬처럼 변질되어 버린 이래 정신적 해
방의 출구로 존재하는 광활한 상상의 대륙이기도 하다.

특히 1990년대 이래 북국의 풍경, 풍물, 풍속 등을 실
감 있게 보여주는 백석, 이용악 등의 시 세계가 전면에
부각되는 것은 직접적으로는 이들 시 세계의 예술적 성취
도와 밀접히 연관되겠지만 또한 그 한켠에는 금단의 땅에
대한 애잔한 그리움과 잃어버린 대륙적 삶의 정서를 향한
갈망도 깊이 작용했음을 주목해야 할 것이다. 이것은 지
금도 우리 사회의 이면에는 이산가족과 러시아, 중국 등
지로 흩어져 있는 동포들이 적지 않고, 또 이들이 상봉의
장만 만들어지면 순식간에 통한의 눈물바다를 만들어내는
것에서 보듯, 우리 사회의 지층에는 북방에 대한 간곡하
고 애뜻한 기억들이 구석구석에 내밀하고도 견고하게 내
장되어 있다는 사실과 연관된다.

따라서 정철훈의 시 세계가 많은 경우에 북한 지역은
물론 리시아, 중국 등지의 곡진한 정취와 풍광을 그려 보
여주는 것은 우리 사회의 지층에 내장된 북방의 정서를
표면으로 끌어올려 현현시킨 의미를 지닌다. 북방 삶의
미체험 세대가 그곳에 상흔처럼 흩어져 있는 삶의 내력과
굴곡을 재래의 화법과 어조로 밀도 높게 형상화시켜 낸

동력은 무엇이었을까. 그것은 그가 앞에서 지적한 우리 사회의 지층에 면면히 내재하는 북방의 삶의 정서와 가까운 지점에 있게 된 남다른 현실적 상황과 연관된다.

내 처의 고향은 가지 못하는 땅
함흥하고도 성천강 물맞이 계곡
낙향하여 몇 해라도 살아보재도
내 처의 고향은 닿지 못하는 땅
그곳은 청진으로 해삼위로 갈 수가 있어
싸구려 소주를 마시는 주막이 거기 있었다
솔개가 치운 허공에 얼어붙은 채
북으로 더 북으로 뻗치는 산맥을 염원하던 땅
단고기를 듬성 썰던 통나무 도마가 거기 있었다
등짝짐에 철모르는 아이를 묶고
우쑤리로 니꼴스끄로 떠나갈 때
바람도 서러운 방향으로 휘돌아치고
젊은 장인이 불알 두쪽에
맨주먹을 흔들며 내려오던 땅
울타리 콩이 새끼를 치고
홀로 국경을 지키는 오랑캐꽃이 거기 있었다

———「북방」 전문

북방이 그의 처가의 고향으로 등장하고 있다. 시적 화자의 목소리에는 장인이 겪은 북방 체험의 현장이 생생하게 살아 있다. 우리에게 함흥, 성천강, 청진, 해삼위 등의 지명은 평범하면서 또한 평범하지 않다. 이들 지명들은 그 자체로 가슴 서늘한 정서적 공명과 파문을 불러일으킨다. 그것은 그 동안 금단의 땅으로 존재했던 역사에서 기인하는 섬뜩한 이질감과 여기에 이어지는 잃어버린 민족적 체험의 역사에 대한 반가움과 그리움이다. 이러한 현상은 북한 주민을 만날 때의 상황과 유사하다. 주로 소설 작품에서 남북한의 주민이 제3국에서 만나는 상황에서의 심리적 추이 과정을 보면 대체로 처음 단계는 서로에 대한 경계와 두려움이고 그 다음은 동일한 민족적 구성원으로서의 친숙함이고 마지막에는 서로에 대한 깊은 연민과 우의로 이어진다. 우리에게 북한의 지명 역시 이와 유사한 심리적 변이 과정을 야기시킨다. 따라서 함흥, 성천강, 청진, 해삼위 등의 지명은 고유명사이면서 동시에 시적 상징성을 지닌다. 〈있었다〉라는 과거형의 서술형 어미로 반복되는 정황들 즉, 〈싸구려 소주를 마시는 주막/단고기를 듬성 썰던 통나무 도마/홀로 국경을 지키는 오랑캐꽃〉 등은 북국의 특징적인 풍경을 사실적으로 전달하면서 아울러 감정의 범람을 면밀하게 통제하는 역할을 한다. 특히 〈단고기를 듬성 썰던 통나무 도마가 거기 있었다〉에서 〈단고기〉라는 사투리와 〈듬성〉에서 우러나오는 시원스런 촉각적 어감은 〈통나무 도마〉의 투박한 남성적 소재와 만나면서 북방의 삶의 현장을 입체적으로 환기시킨다. 특히 전반부의 〈낙향하여 몇 해라도 살아보재도/내 처의 고향은 닿지 못하는 땅〉과 후반부의 〈젊은 장인이 불알 두쪽에/맨주먹을 흔들며 내려오던 땅〉이 서로 상응되면서 잃어버린 북방에 대한 그리움과 분단 현실에 대한 비애를 증폭시킨다. 이 시는 비교적 평이한 서술형을 통해 북방의 풍경과 정서를 손끝에 감지되는 듯한 실감으로 전달하고 있다.

한편, 다음 시편은 북국으로 다시 떠나는 이산 가족의 문제가 작별의 현장을 통해 극화되고 있다.

> 보채지 마라
> 오는 비야
> 달도 별도 가리운 비야
> 보채지 마라
>
> 가면 간다 한들
> 가는 비야
> 오면 온다 한들
> 오는 비야
>
> 에미를 잊고 형제를 잊고
> 회회족 나라로 떠나는 노인아
> 까자흐 푸른 초원에
> 묻히러나 가나

가시래 가시래

오던 길로 가시래

오시래 오시래

가던 길로 오시래

　　　　　　　　　　　　──「구슬비」 전문

　작별의 현장의 서럽고 안타까운 정조가 〈구슬비〉와 결합되면서 절묘하게 심화 확산되고 있다. 〈에미를 잊고 형제를 잊고/회회족 나라로 떠나는 노인〉은 누구인가? 여기에 대해 시인은 각주의 자리를 빌려 까자흐 공화국 알마띠에 살고 있는 큰아버지라고 부기하고 있다. 시인의 가족사의 중심에 북방 지역의 삶과 이산가족의 문제가 깊은 상흔의 통증처럼 지속되고 있음을 알 수 있다. 이 시편의 전반적 정황에서 배어 나오는 애절한 정감은 이러한 가족사적 아픔이 저며들어 있기 때문인 것으로 느껴진다. 울림소리의 반복을 통해 전개되는 시상이 가볍게 날리는 〈구슬비〉의 형상을 자아내고 있다. 1연에서 〈오는 비〉를 가리켜 〈보채지 마라〉고 반복하는 것은 작별의 시간을 재촉하지 말라는 의미로 해석된다. 이와 같이 비가 작별에 대한 원망의 상관물로 등장하는 것으로 미루어, 〈달도 별도 가리운 비야〉라는 표현은 작별의 상황이 〈달도 별도 가리〉는 통절한 슬픔이라는 것을 가리킨다. 2연의 〈비〉에 대한 호명의 반복 역시 작별의 아쉬움에 대한 원망을 심화시킨다. 3연에서 떠나는 노인을 향해 〈까자흐 푸른 초

원에/묻히러 가나〉라고 묻는 것은 오늘의 작별이 〈달도
별도 가리〉는 즉, 온 세상이 외면해 온 불행한 운명사의
한 표징임을 가리킨다. 4연에 오면 〈가시래〉와 〈오시래〉
의 연이은 반복을 통해 작별의 현실을 받아들일 수밖에
없는 체념적 상황이 드러난다.

다음 시편은 이와 같이 〈에미를 잊고 형제를 잊고/회회
족 나라로 떠나는 노인〉의 이국에서의 삶의 군상을 엿볼
수 있다.

> 두만으로 압록으로 말을 몰던
> 유격대의 자손도 늙어 등 굽은 서너 명
> 모스끄바의 낡은 아파트에 둘러앉아
> 아버지가 먹었다는 산국을 끓이던 날
> 망명지의 밤으로 눈은 내리고
> 돌아갈 조국은 어디런가
> 내 부모는 형제는 피 붙이는 그리움은
> 모두 설국에 묻혀 눈보라가 치고 술을 마신다
>
> ──「눈보라 치던 날」 일부

모스끄바에서 유학 생활을 보낸 적이 있는 시인의 체험
기가 시상의 토대를 이루고 있다. 이미 등 굽은 노인이
된 일제 강점기 항일 유격대 자손들의 망명지에서의 앙상
하고 신산스런 삶의 단면이 묘사되고 있다. 〈돌아갈 조국

은 어디런가〉라는 영탄 속에는 돌아갈 안식처가 되어 주지 못한 조국에 대한 깊은 원망이 배어 나온다. 〈부모/형제/피붙이〉에 대한 그리움을 가슴에 묻고 살아온 세월이 〈눈보라가 치〉면서 덮여 가는 모스크바의 풍경과 조응되면서 망명지의 파란 많은 생애들의 비극성을 극적으로 고조시키고 있다.

여기에 이르면, 우리는 앞에서 지적한 우리 사회의 내면에 내장되어 있는 북방의 정서와 또한 여기에 남달리 가까이 다가서 있는 시인의 시적 삶의 환경을 또렷하게 확인할 수 있다. 그의 친가와 처가를 아우르는 가족사와 자신의 모스끄바 체험이 절박한 북방의 언어와 이산 가족의 사연들을 머금고 있었던 것이다.

특히, 그의 이러한 북방의 삶의 정서는 재래의 풍물을 소묘하는 특유의 투박하면서도 절제된 문체와 토속적인 어휘를 활용하면서 사실감을 배가시킨다.

겨울밤은 길어 멀리 기적이 울면
구덩감자로 녹말 국수를 눌러
김치국에 말면 가슴이 뻥 뚫렸다

봄이면 가재미 젖, 밤이면 가재미포를 쪄 먹다가
장마철, 비린 코를 쥐고 고등어 배를 갈라

항아리에 쟁이면 가을까지 오지게도 먹었다

가을엔 누릿한 북어살을 바르고
겨울엔 도루묵 노란 알덩이를 불룩 꺼내 먹으면

——「겨울밤」 일부

봄날 녹슨 함석 지붕이 운다
봄바람에 어깻죽지를
들썩이며 운다
겨우 붙들어 맨 못대가리가 빠져
함석도 날개가 있다고 덜덜덜 운다
한자리에서 너무 오래 머물렀음인가
양계장에서는 장닭이 암탉을 올라타다 말고

——「봄날」 일부

　위의 시편 모두 재래의 풍속과 풍경을 토속적인 어사를
통해 절제된 화법으로 객관화시키는 솜씨가 돋보인다.
〈녹말국수/가재미젖/고등어배/북어살/도루묵〉 등 철따라
바뀌는 향토 음식의 품목들이 맛깔스런 사투리의 음조에
실려 나열되는 장면은 오늘날의 시단에서 만나기 어려운
특이한 면모이다. 〈봄날〉의 생동감에 대한 표현 역시 양
계장의 〈녹슨 함석 지붕〉과 닭들의 부산함을 통해 포착하
는 양식이 흥미로우면서도 이채롭다. 그러나 화자의 주관
을 배제시킨 채 시적 내용과 독자와의 거리를 좁히며 긴

장력과 생동감을 자아내는 이러한 시적 표현은 문득 해방 이전 백석의 시 세계를 연상시킨다. 이것은 시인 자신의 북방의 정서에 대한 시적 구현이 북방의 민족 정서와 민중적 삶의 원형과 미감을 응축적 거리와 절조를 통해 형상화한 백석의 화법과 유사한 양식을 빌릴 때 가장 적절한 것으로 판단했을 수 있을 것이다. 물론 여기에는 시인 자신이 〈백석을 찾아서〉 가는 시적 상상의 지도를 꼼꼼히 그리고 있는 데서 드러나듯 그의 시 세계에 대한 강한 애정도 영향을 미쳤을 것이다. 그의 이러한 백석 투의 화법은 북방과 얽힌 굴곡 많은 삶의 표현에서 성공적인 방법론이 되고 있다. 그러나 북방과 연관된 과거 지향적인 회고의 양식에 비해 현재적 삶의 표현에서는 그 유효성이 현저히 떨어진다. 이를테면, 2000년 8·15 이산가족 상봉 때 평양 땅을 밟은 이몽섭 씨의 사연을 사실적으로 전달되고 있는 남남북녀의 경우에서처럼 내장되어 있던 북방의 정서가 정작 표면으로 분출될 때는 이성적인 언술 속에 실리지 못한다. 〈그들은 말이 없다/우두커니 말이 없다/허망한 세월은 말을 삼켜/먼 데를 바라볼 뿐〉에서 나타나듯 반세기에 이르는 〈허망한 세월〉이 말을 삼켜 상봉의 장에는 〈무색무취〉의 침묵만을 남겨놓고 있는 것이다. 분단의 역사의 끈덕진 횡포성이 이성적인 언어를 완진히 탈취해버린 형국이다. 그래서 정작 그토록 기다리던 상봉의 감격은 〈앉아 있다 가는 것도 영광입네다〉와 〈한바탕 꿈을 꾼 기분이야〉와 같은 문맥적인 논리를 벗어난 어사를 통해 표현되고 있다. 따라서 그의 북방의 정서에 대한 표현에서 현재와 미래형적 상황론에 맞는 화법과 양식의 창조적 모색이 요구된다고 할 것이다. 물론 과거의 북방 체험의 정서적 환기 자체가 미래지향적인 추동력을 지니는 것은 사실이다. 그러나 오늘날 이미 남북한의 해빙기가 상당한 수준으로 진척되고 있음을 감안할 때, 당대적 감각과 감수성을 탄력적으로 수용해 내는 시적 방법론과 미적 양식의 강구는 중요하게 떠오른다. 오늘날 서울을 출발하여 신의주를 거쳐 러시아 대륙을 횡단할 초석이 되는 경의선 철도가 운위되는 남북한의 해빙기의 시대에 정철훈의 등장이 더욱 소중한 의미를 지니는 것은 이러한 상황과도 깊이 연유된다.

——홍용희(문학평론가 · 경희사이버대학교 문예창작과 교수)

내 졸음에도 사랑은 떠도느냐

1판 1쇄 찍음 2002년 6월 10일
1판 1쇄 펴냄 2002년 6월 15일

지은이 정철훈
펴낸이 박맹호
펴낸곳 (주) 민음사

출판등록 1966. 5. 19. 제16-490호
서울시 강남구 신사동 506번지 강남출판문화센터 5층 (우)135-887
대표전화 515-2000 / 팩시밀리 515-2007
www.minumsa.com

ⓒ 정철훈, 2002. Printed in Seoul, Korea

ISBN 89-374-0704-3 03810